前略 南《ぱい》ぬシマジマ

【新シマとの対話】

Dialogue with Ryukyu

文・平田大一
text by HIRATA Daiichi
写真・桑村ヒロシ
photography by KUWAMURA Hiroshi

ボーダーインク

北軍
必勝
勝利
北軍

序　シマとの対話

ぼくは
ふるさとや今立つ土地を含めたシマジマと
語り合える時間をこよなく愛す

心の目と耳を澄ます
やがて、老賢者のようなシマの根っこが
ぽつりぽつりと語り始める

道なき道を歩き
声なき声を綴った軌跡こそ
シマとの対話だ

ぼくにとってシマと対話する日々は
自分自身と対話すること

「前略　南ぬシマジマ」

この本は島宇宙であり
島哲学そのものであり
また、想いの軌跡である

目次 Contents

1章 次世代と生きる

ささやかな僕の
これが革命の旗印

人づくりの種をまく

その地域の「未来の顔」は、その地域に生きる
目の前の子ども達の「顔」を見ればわかる。
その目に宿る「眼差し」の奥の光りを見ればよくわかる。

今、君の目の前に立つその子が
「魚の死んだような目」をしているのかそれとも
「真正面を見据えた、活きいきした目」をしているのか……。

確かに子ども達には罪はない。
きっと僕ら大人の責任もかなりあるだろう。
だから僕は目の前にいる子ども達に
真剣に語らなければならない。

「人づくりの種をまく」

その「種」とは、「感動体験」そのものである。

涙を流すほどの「感動体験」が子どもの頃にあったかどうか！

これがとても大切なのではないか。

否！　確かに「種」をまいたからと言って
必ずしも「芽」が出るとは限らない。
でもしかし、まかなければ可能性は「ゼロ」である。
まけば可能性は決して「ゼロ」にはならない！

だから僕は今日も「種」をまく。

僕が出来るのは多分「感動体験」のきっかけづくり。

「感動体験」という種を心にまきつづけることなんだ。


ささやかな僕の、これが革命の旗印。

感動体験で芽生えた「地域に根差して、人に尽くすシゴト」
への意識が、きっとより良い未来をつくるのだ。

僕はそう信じる。

そのために大切なことはなんだろう。

ある日。

考えている僕に「コトノ葉」が届いた。

「人を育てようとは思わず、常にかっこいい師匠となれ！」

たった一言書かれた文字に胸が奮える。

「人をつくるというよりも、
自身が輝く指導者に」

これが今の僕の生き方の根っこになった。


（2009.2.16掲載）

「否定しない！」という「受けとめ力《りょく》」

受けとめる力《ちから》

僕の舞台の現場でひと際目立つスタッフがいる。

その人たちの凄いところは「受けとめる力」に長けているということだ。


例えば。

ダンスのワークショップを開いたとき毎講座ごとに増える新たなメンバーに嫌な顔一つせず「大丈夫、今からでも間に合うよ」とむしろ諭《さと》している。

「本番直前で悪いんだけど、この子、入れてくれる？」

という僕の無茶にも絶対に
「無理！　駄目！」と否定しない。
演出家の無茶苦茶な変更にも対応し
教えている子ども達に演出家の悪口を言わずに
その変更を見事に伝えていく。

……それくらい、自分だって出来ますよって
誰もが言うかもしれないが
このスタッフ達の場合は筋金入りなんだ
いかなる状況でも受け止めるんだ。
どんなときでもブレ無いから
子ども達に人気がある
地域からもまた来てほしい！　と懇願される。
彼らの「否定しない！」という「受けとめ力」に驚かされる。

例えば。
配役発表をしたとき。
自分がやりたい役に当たらなかったときのこと。
子ども達の反応も悲喜こもごもだ。

ある子は貼り出された配役表を

穴があくほど見入っていると
急にタオルに顔を埋め「わーっ！」としばし絶叫！
瞬間、「よし！　切り替えた‼」
と与えられた役のセリフをすぐに練習を始めた。

ある子は貼り出された配役表を
マジマジと見つめると一言
「意味があるに違いない……」と静かに呟き
とにかく稽古を始めた。

また、ある子は貼り出された配役表を見て
「納得がいかない、演出家の説明を聞くまでは！」
と素直に疑問を抱き、僕に質問をぶつけてきた。
無論、話をすると理解して自分の与えられた役に
なりきっていった。

……見ていて気がついた。

与えられた役に納得がいかず
文句を言いながら演じている子は
結局、どの役になってもそこから学ぶことが無いようだ
ということを。

故に、本当にやりたい役にあたっても
本人の成長は見えない
結果、舞台そのものもつまらない。
それは、そこに「挑戦！」がないからだ、
ということに。

おかれた状況が納得がいかないどんなときでも
そこに意味を見出し
前向きに取り組んでいる人は
どの役からも、どんな状況からでも
「学び」を得ることが出来る
価値を生み出すことが出来る。

その価値は「次の機会（ネクストチャンス）」に
必ず活かされる。

会社で
組織で
チームで
役職で

不本意理不尽な現場に配属されたり
不条理ともいえるシゴトを任されたり

望んでもいない役に配役されたり
出てきた答が、
期待はずれな結果だったりしたとしても

大事なことは
「受けとめる力」だ。
「きっと！　意味がある。何かわけがある」と
勝手に思い込み、意味を見出そうとする想いの深さだ。
心の素直さこそが、運を呼び寄せる秘密であるに違いない。

勝機は必ずそこにある。

なぜなら「見ているからである」
社長は
監督は
責任者は
演出家は

その人の
「受けとめる力」を信じて
ただその人を
見つめているのである。

（2009.8.18 掲載）

見つけるのではない
探すのでもない
「気がつく」のである

気づきのスイッチ

5年前の講演会で
「日ごろ、どういう指導をしているのか？」

と訊ねられたことがある。

演出家として、指導者として、リーダーとして……

「どうすれば、みんながああいう風に言うことを聞くのか」と。

また別の会場では
「そういう発想はどうして生まれるのか？」
とも聞かれたことがある。
作家として、島人として、
地域活性化のアドバイザーとして……
「無から有を生み出すコツとは何なのか」と。

ある方からは
「悩みがなさそうで良いですね」
と真顔で告げられたことがある。
先輩として、スペシャリストとして、夢想家として……
「その原動力はどこから来るのか」と。

でも。
そのとき僕は、上手く答えきれなかった。
否！
今でも自問自答してしまうのだけれど、
不思議なことに「答えきれなかった〝問い〟」は
意外と憶えているものなんだ。

簡単そうで出てこない答えを探しては
出口を見つけることが出来ないことの繰り返し
何かの拍子にその〝問い〟をまた思い出しては
「なぜだっけ？」
と、自問自答することの繰り返し。

この間、つい先日。

本番直前の舞台稽古を見ていて感じた「違和感」。
その「違和感」に正直になって舞台に立つ演者に
「理由《わけ》は解らないけど何か胸のあたりが納得していないんだ」
「綺麗だけど、まとまっているけど、何かが足りないんだ」
とマトを得ない感想を言って子ども達を困惑させてしまい
演出家としてあるまじきコメントをしてしまった僕は
自分の才能のなさにあきれ返り
那覇市民会館楽屋のトイレに立てこもってしまった。

そうとは知らずトイレに入ってきた
男性役者たち……

「平田さん、何が言いたかったのかな?」

「わからん!」

「俺も……、　わからん」

「わんも!（俺も!）」

「……」

トイレの個室で息をひそめているのは
僕である。
彼らの口から、次にどういう言葉がとび出してくるのか
ドキドキしながら息をひそめているばかり。

すると、しばしの沈黙の後一人の演者が言った。

「わからんけど……、何かが足りないだはずよ、俺達」
「であるな……」
「考えようや、もう少し……」
そして、がやがやとトイレを出て行った。

トイレに一人残された僕は、
また静かに自問自答。
そして、やっと気がついた。

「信頼」という名の絆
絶妙にして絶対的な「コツ無き距離感」
そして「使命」という名のエネルギー

気がついて自分の立っている
自分の位置を知った。

古《いにしえ》の賢者は「さとる」という意味を
「悟りをひらく」と訳するだけでなく
「理解する、解かるということ」としている。

つまり「さとる」ということは、
「特別な力に目覚める」という意味でなく

「自分の力を知る、自らの力に気がつく」
ということなのである。

「自らの命の使い方を覚《さと》るから」
「使命とは自覚するもの、自らが解かる」
ということなのだ。

……見つけるのではない
探すのでもない
「気がつく」のである。

大切なことに
物事の根っこに
自らが気づく人になる。

「気づきのスイッチ」を
心に宿すということ、
それが僕の得た僕の内《なか》の
「答」なのである。

(2009.10.16掲載)

どんな大人の「次」の話よりも胸に突き刺さって……

「次」の世代のはなし

カズヒコは特別支援学校に通う高等部3年生の男の子だ。

僕が演出する舞台の出演が決まったことからカズヒコ達の通う学校に演技指導のため学校訪問した時、「彼」に出会った。

「みんな、集合してーッ」
下級生の後輩達が三々五々わいわいと集まってくる中、カズヒコだけが、先生の呼びかけにわざと逆らうかのように窓の外を眺めながらちらちらと遠くから僕を見ている。

「今日は、平田先生がみえてますので、皆さん一生懸命頑張りましょう」

「はーい!」

元気な声が教室中に響き渡る。

だけど、カズヒコだけはますます外を向く。

先生がこっそりと
「実は、高等部3年生の出演希望者が意外に少なかったので……」
と苦笑い。
怖気《おじけ》づいたのか、羞恥心《しゅうちしん》が出てきたのか
「下級生なんかとなんて、やってらんねーよ」ってな顔で
遠くからずーッとこっちを見ている。

この日の帰り際。
ずーッと、ずーッと!遠巻きに見ていた彼が
僕の脇にすっと来ると
「平田大一さん……本物?」と突然、質問してきた。
えッ? えッ? と焦る僕。

再び、聞いてくる。

「テレビで見る人と、同じ?……本物?」

「うん、本物だはず……多分」と、僕。

そしたら「えへへ……」と鼻の下をふふんと拭った。

彼の少し悪戯《いたずら》好きな目に、笑顔があった。

2回目の稽古で訪れたときは
エイサー太鼓の帯を肩にかけ……待ち構えていた！

「カズヒコ、3年生なんだって？
リーダーシップもあるし……。
実は、平田さんお願いがあるんだけど」

彼に舞台の一番目立つセンターに立ってもらい
みんなを引っ張る「牽引役」をお願いしたら
照れながらも、一生懸命の演技！
でも、やっぱり思い出すのか
時々ぷいッと輪の外へ……。
そして、また遠くから見るばかり。

なんて！　自己中な奴だ！
僕は、うーんと頭を抱えてしまった。

それからしばらくの間稽古には行けず、
そのまま本番の日を迎え、
舞台は一応の大成功。

カズヒコとはそのまま、
あんまり話が出来ないまま別れた。

ある日。
知人に声を掛けられて出席したとある会合は
今の堕落した政治に不満を持つ
志し熱き人たちの集いで、登壇した誰もがみんな
「次の世代にいったい何を引き継ぐのか」
「この国の未来を思ったら立ち上がらねばと奮起した」
と次世代について真剣に考えているコメントが並んだ。

話しの意味は解かるが、どこか現実から離れていて……
人が生きている現場の空気感がそこには無いような感覚の中
家路についた。

家に着いたら、ポストにぶ厚い封筒が……。
見ると懐かしい支援学校からの舞台出演後の感想文集だ。
嬉しくなってその場で封を切り一つ一つ読んだ。
綴りの一番最後がカズヒコの文章だった。
短くて、でも大きくゆがんだ鉛筆の文字。
変なイラストの意味は解からなかったけど
書いてあった言葉の意味は痛いほど解かった！

ありがとうございまし
た。
こうはいたちおよろし
くおねがいします。

カズヒコ

どんな大人の「次」の話よりも
僕は胸に突き刺さって……
僕は……
僕はその場で、
泣き崩れた。

（2010.2.15 掲載）

2章 舞台裏の風景

阿麻和利《あまわり》ぬ心《くくる》
世《し》界《け》に道《みち》開《ひら》ち
我《わ》した肝高《きむたか》ぬ
誇《ふく》い高さ！

原点という名の永遠

「原点」を忘れないように
「取り組み」の始まりの経緯を確認する意味をこめて始めた
「あまわり勉強会」

新メンバーが加わった年度の始め、
当時の教育長「上江洲安吉」先生を招き
今年応募してきた子ども達
全員参加で挑むガチンコ講話なんだ。

原点の一つとは、１９９９年12月24日。
「肝高の阿麻和利舞台公演説明会」
会場となった中央公民館「勝連町シビックセンター」

わずか７名で始まったその場所で
怒涛の如くのこの11年を振り返り

新たな気持ちで望むこの時に
新たな10年先に向けた原点を刻むそのために
今は活気に息吹くあの日と同じシビックセンターで
総勢１７０名で開催できる幸せを噛み締めながら
僕も毎年、参加する。

２０１０年、今年度の「勉強会」の開催は
５月22日だった。

上江洲先生のお話はシンプルだ。

シンプルで解かりやすい……少し、長いけど。


「この舞台を通して私が何をしたかったのか……」

先生は語る。

「一つ目には、『挨拶が出来る子どもになってほしい』ということ。

二つ目には、『自分の想いを伝えきれる子どもになってほしい』ということ。

これ以外は何もなく、これ以上も何もない！」

真理！　真理！
ああ！　……本当にその通りだ！

専門的に言えば
「コミュニケーション能力の向上」と
「豊かな表現力をつける」
ということなのだが、
そんな言葉では子ども達には伝わらない……

「挨拶ができる人に」
「自分の想いを伝えきれる人に」
その具体的で解かりやすい「指標」に
子ども達が即行動を起こしたのだ。

そして、先生はこう続けた。
「自分で歌いながら演じながら、自分の歌声に演技に
自分自身が感動して涙を流す！
自分が自分を解かるということは、
とても、とても！　凄いことなのです」

シンプルで真っ直ぐなメッセージが胸にビンビン響く。

思えば
２０００年の「あまわり勝連城跡公演」
２００３年の「あまわり関東5会場連続公演」
２００５年の「国立劇場おきなわ招聘公演」
２００８年の「初の海外・ハワイ公演」
２００９年の「全国縦断県外公演」

僕の活動の指標軸を常に指し示し
向かうべき方向に導いてくれた
あまわり舞台の中の白いお髭《ひげ》のお爺さんでお馴染み
「大主様《うふしゅさま》」のような存在
それが最も大事なもう一つの原点
「上江洲安吉」先生ではなかったか！

「大主様」の少し長いけど
とてもためになる講話は最後に
「20年後の沖縄の未来像」で締めくくられた。

「20年後の沖縄は色んな国の人々が大勢集まり
仲良く共生していく拠点になっているであろう。
そのときこそ、地域文化の重要性が問われるときであり
あまわりの精神文化はまさにその時代にこそ

最も必要とされる。
私はこの『日本・沖縄多民族国家論』を確信し
次の琉歌に想いを託したいと思う……」
そしてこう詠《うた》って結んだ。

阿麻和利《あまわり》ぬ心《くくる》
世界《しけ》に道開《みちひら》ち
我《わ》した肝高《きむたか》ぬ
誇《ふく》い高さ！

あまわりの心、世界に道開き、
我々の志の、なんと誇り高いことか！

大きな目標を頂いた僕は
新たな道づくりにまた闘志が湧いてきた！

荒れる運命《さだめ》なれど
漕ぎだしたこの舟《サバニ》で
原点という名の永遠を刻みつづける。

（2010.6.16 掲載）

「想像できないこわさ、忘れていくことのおそろしさ」を訴えさせたい

負の世界遺産

浦添の丘に　立つ勇者　世界をにらむイクサモイ
太陽《ていだ》が父ならば　琉球《ふるさと》が母と
決めて走る「太陽《てぃーだ》の王子」
光彩《ひかり》の海よ牧港　世界を結ぶ太陽の船よ
幻の王都《みやこ》　時代《とき》は流れても
語れグスク「太陽《てぃーだ》の城《グスク》」

（舞台「太陽の王子」主題曲）

浦添城の英祖王の物語を手掛けたのは2003年初頭、今からもう12年前くらいになる。

僕の代表作「肝高の阿麻和利」を制作した次の作品で初めて長編舞台の脚本を執筆した思い出深い作品でもある。

地域の伝説や伝承の舞台の台本を書く上で僕が心がけていることがあるが、それは「古《いにしえ》の者たちとの語らい」を大事にすると言うことである。

ある時は城跡《ぐすくあと》に、またある時はその古人のお墓に出かけ声なき声に耳を傾け、姿なき者たち相手にただひたすらに、自問自答の繰り返しをするのである。

見えない力が僕の背中を押してくれて、僕は何度となく物語創作のその思考の迷路から抜け出せたことがある。

今から12年前。

浦添市前田が僕の書斎兼アトリエだったときのこと本番が間近になったある日、僕は一人、城にのぼった。

明け方、手掛けていた「英祖王」舞台の脚本に行き詰まりにっちもさっちもいかなくなり、ふと見上げたアトリエの窓から見える「浦添城」に、呼ばれた気がしたからだ。

朝靄《あさもや》の柔らかい陽ざしの中、ひっそりと厳かな空気に包まれシンプルな気持ちで僕はディーグ洞《がま》のある「浦和の塔」に向かった。そしてその「朝靄」が、実は線香から立ちのぼるおびただしい白い煙であると気がついた瞬間、僕の脳裏に鮮やかな記憶がよみがえった。


「浦添城は、どうして世界遺産に登録されなかったのですか?」

あの日、城《ぐすく》案内をしてくれた浦添市の文化財担当の下地氏への質問は実は何気ないはずだった。

彼は、小さな溜息を一つつくと、僕に短くこう答えた。

「整備が間に合わなかったからですよ……」

僕は彼の言葉の意味が、すぐには解らなかった。


やがて、ぽつりぽつりとこう続ける。

『遺跡』を掘ろうとしたらね、平田さん、『遺骨』が出てくるんですよ。城の整備の前に、まずは遺骨収集から始めなければいけなかった。私たちは、その作業を三十年近くやってきたんです。気がついたら世界遺産登録に間に合わなかった、と言うことなんです。悔しいはずですよね。首里城より、もっと古い王都《みやこ》が、ここにあったはずなのに……」

そういって、静かに手を合わせた。

1945年4月、第二次世界大戦末期。沖縄本島に上陸したアメリカ軍を相手に敗戦濃い日本軍は玉砕戦を決めた。
首里城地下を大本営として構える日本軍との激しい攻防に
巻き込まれた浦添の街は徹底的に焼き払われ、
残った家は僅かに17軒！　亡くなった人の数、五千人余り。
実に浦添の街の99・2％が焼失したという
それは文字通りの「地獄絵図」そのものだった。

玉砕戦の主戦場となった「浦添城」は、その姿を失い
焼け跡には多くの遺骨が眠ったままになった。
戦後、掘り出された「遺骨」は、城の中にある
「ディーグ洞《がま》」と呼ばれる洞穴一カ所に集められたが
それは米兵、日本兵、住民の骨など五千人を超えたと言う。

「遺骨収集に時間がかかり、城の整備が遅れた」
それが、浦添城跡が世界遺産に登録されなかった真相だった。

実は僕がショックだったことは、浦添というこの街の
58年前の姿が想像できないという恐さだった。
浦添城がその跡形も無く姿を消した理由を
焼け野原となった暗く悲しい絶望の時代を
「想像できない」おそろしさ。

僕は800年前の時代を超えて現代にやってきた

主人公のイクサモイこと「少年英祖」に
「想像できないこわさ、忘れていくことのおそろしさ」を
訴えさせたいと思った。
この浦添城跡を平和象徴のシンボルとして
「負の世界遺産」として次世代に語り継いでいきたいと
心から誓った。

海渡る風に
波の歌聴けば
眠る城《ぐすく》の声
白き雲は流れ
太陽《てぃーだ》の風よ
風よ伝えてよ
夢の続きは遥か
太陽《てぃだ》の子守唄よ

（劇中歌　太陽の子守唄）

浦添城の丘に立ちキラキラ光る、牧港の海を見た。
風にのって遠くから太鼓の音が
すぐ近くの学校から子ども達の笑い声が
聞こえてきた。

ふと発展を遂げたてだこの街並みの中に
でろんと横たわる「米軍基地」の滑走路が
違和感も無く視界に映った感覚に
一人ヒヤリとする。

この島の光と影は
戦後70年たった今もそこにある。

（2015.11.1 掲載）

なれど、なれど風よ
今を生きる子らに
つなげこの歌を
島のみちしるべ

太陽《てぃだ》の乱

時は一五〇〇年。

第二尚氏王統第二代、尚円金丸の息子「尚真王」の時代。

琉球王国の三山統一を成し遂げ天下泰平を誇っていた若き王は奄美諸島のみならず、宮古、八重山諸島をも連なる、大琉球王国建設に着手した。

宮古島の仲宗根《なかそね》豊見親《とぅいみや》は、大琉球王国連合軍の傘下に入る。

しかし、当時の八重山の豪傑「オヤケアカハチ」は、その一方的な首里王府の申し出に激しく抵抗、なんと三年間も王府に年貢を納めなかったという。

怒った「尚真王」は、遂にアカハチ討伐を決定。

精兵三千人軍艦四十六隻を駆り出し、向かえる三百人足らずの兵力の八重山を攻める。


八重山側の王府軍の総大将は「長田大主《なーたふーず》」。

アカハチとは、同じ波照間島生まれの幼なじみ。

その王府軍の急先鋒として最も活躍した「長田大主」に追い詰められたアカハチは底原山《そこばるやま》の大きな榕樹《がじまる》の木の下で、死に物狂いに抵抗するも多勢に無勢、遂に討ち取られてしまう。

首を刎ねられた後も、八重山中の空には、アカハチの慟哭がいつまでも響き渡っていたという。

これが世に言う「オヤケアカハチの乱」の史実である。


２００３年８月。

僕は、「石垣少年自然の家」にいた。「肝高の阿麻和利」関東公演から帰ったすぐその足で、郷里、八重山の舞台「オヤケアカハチ」制作の為に、単身、海を渡ったのだ。


物語もテーマソングも、キャストも何も決まっていない。

勿論、親の会のサポーターズもいない。ただ一人当時の自然の家の所長である、波平氏だけが僕の未知数の可能性に賭けこの偉業を託したのである。

「偉業！」

そう、実はアカハチの物語は単なる昔話ではなく、アカハチや長田大主の末裔にとっては今も生きる史実であり、この両方の子孫は21世紀のこの時代でも、八重山の小さな島の中で、ライバル同士の対立を続けているのだ。


舞台を支援する各方面の識者たちが集まる中、僕が手懸ける脚本の内容に話題が集中した。

「アカハチを英雄にするならば、長田大主の関係者が黙ってはおらず、その逆でも物語は成立しない。つい、最近もアカハチの話で出版された　絵本に対して新聞で論戦が行われたばっかりだ。

ダイチ、この舞台は予想以上に大変だぞ、わかってるのか！」

嗚呼……。またしても、僕の苦悩の日々が始まった。


真夜中の少年自然の家。夜な夜な見えない古《いにしえ》の民と対話を始める。唯でさえ、お化けが出ると噂される（勿論！　単なる噂だけど）この宿舎に、守衛室のガードマンと二人っきり。

静かな夜の底で虫の声に囲まれながら太鼓を叩いては、ブツブツと詩を綴り、脚本用紙に向かって一幕ごとに書き進める。

今夜、書き上げた台本を元に、翌朝の子ども達への稽古がなされるのである。

おお、何とスリリング！

まるで、後には引き返せない「連載小説」のように、思考の灯火を消さないように、丁寧に手繰っていく感じ。

そんな、夏休みも返上の日々が約2週間ほど続いた。

ある日、大浜村に建つ「オヤケアカハチの像」を見に行った。はちきれんばかりの筋肉隆々な体を後ろにねじりながら、何か大きな声で叫んでいる独特な立像。

短い着物は農民姿そのものなのに、その眼光は今にも動き出しそうで、左手に太い棒、右手を真っ直ぐ前に指差し、渾身の気合で首里軍に立ち向かっている姿に、胸が奮えた。

「彼は、どこに向かって行こうとしていたのだろう……。その指差す向こうには、何が待っていると思ったのだろう」。

その瞬間である。

「……みちしるべ」と言う言葉が、脳裏に浮かんできたのは。

アカハチが、その生き方を通して伝えたかったもの。

それは「人間として忘れてはならない『道標』、小さな島に生きる者としての生き方を未来に生きる八重山っ子たちに指し示してくれていたのではないか！」と。

一個、キーワードが見つかると作業が一気に進んだ。

テーマソング「道標の詩〜みちしるべ」もこうして生まれた。

そして最大の課題だった、アカハチと長田大主の関係性にも、僕は新たな解釈を見出していた。

「第四幕／闇夜の契り」。

それが、僕が名づけたその幕のタイトルだった。


決戦前夜の月夜の晩。

アカハチと長田大主は誰にも知られない密会を果たす。

これ以上騒ぎを大きくして島人に無駄な命を落とさせないためにも、自分が囮になり底原山の奥に向かうから、長田大主よ！　先導して首里軍を引き連れて俺を追いかけてきてくれ！　と、懇願するアカハチ。

そして、自分の最期は、青っちょろ……、長田大主よ……、お前が俺を倒すのだ！　と提案をする。

「どうせ死ぬのなら、お前の手にかかって死にたい！」

とアカハチ。


やがて長田大主は、到底受け入れられない幼なじみからのこの計画をあえて、受け入れる決心をする。そして彼は、逆心アカハチの首を取った報奨として、尚真王との直接対話が可能になる謁見を申し出る。


八重山の島人たちの想いを、アカハチの真実の姿を、王府の権力を笠に着た島役人達の悪行を、尚真王に、命を捨てる覚悟で直訴するのである。

全てを打ち明けた、長田大主は最後にこう叫ぶ。

「アカハチよ、お前との約束、確かに果たしたぞー！」

この場面になると、毎回決まって会場からは、割れんばかりの拍手が起こる。

勿論、僕のこの解釈が正しいとは限らない。あくまでも、僕の想像の域の中を脱しきれない。

でも、舞台終演後の外でお客様を見送るさい、僕は長田大主の門中（親族）と名乗る人と、オヤケアカハチの関係者を語る人の両方から「ありがとう、ありがとう」と、握手を求められたことだけは、事実だ。

風よ、風よ　今は　遠き物語と
語る影もなし　歌う声もなし
なれど、なれど風よ　今を生きる子らに
つなげこの歌を　島のみちしるべ
赫き土の下　蘇鉄の陰で　巡る運命《さだめ》を知るや
八重山の子！

太陽の反逆児
オヤケアカハチの指差す彼方の海を
僕は一人
今も見つめている。

（2015.12.15 掲載）

一瞬の出会い、邂逅の奇跡

北山《ほくざん》の風

今帰仁に吹く風は今日も心地よい。
那覇から遠いこの地に何度、足を運んだことだろう。

２０１０年10月16日。
奇跡の舞台が蘇った。
現代版組踊「北山の風～今帰仁城風雲録」
原作「新城紀秀」　構成演出「平田大一」

終戦直後の昭和21年、今帰仁小学校の主席訓導（教頭先生）
であった新城紀秀氏によって指導され演じられた
「史劇　北山」は出演した当時の学生達の
胸に強い印象を残す取り組みとして刻まれた。

65年の歳月が流れ、
80歳近い教え子達が望んだことは、
90歳になられ未だご健勝であられる「新城紀秀先生」に
恩返しをすること。

つまりそれは、
あの懐かしき思い出の舞台「史劇　北山」を
再演することであった。

集まっては検討会を開くこと十数回、
気がつけば三年余りの歳月だけが無常に過ぎてゆくばかり。
夢の実現に向けて奔走するも、
その方法も光明さえも見えてこない。
八方塞がりの中、何度も諦めかけた計画は、
お蔵入り寸前の間際に。

そしてこれが最後と出てきた案が
「あの阿麻和利の舞台で活躍されている、平田大一先生に
お願いしよう。きっと、何とかしてくれるはずだ……」
というものであった。

かくして、世代を超えた一大プロジェクトは、
一人の演出家の両腕に託されたのである。

この話が持ち込まれたことを機に、
僕は短期間で多くの旧今帰仁小学校や
北山高校卒業の関係者と会い
今後の方向性を思考、あらゆる繋がりを総動員してきた。

そしてなんと、今帰仁村役場の協力も得られ
今回の事業が実現することにあいなったのである。

２０１０年10月16日。
詰め掛けた１０００人余りの群集の中、舞台の幕が開いた。
背後にそびえる今帰仁城の堂々とした風格に
負けじと演じる山原《やんばる》の子ども達。
当時の生徒達の前で演じる今の子ども達の演技に
惜しみない激励と感謝の拍手が鳴り響く。

終演後、招待席におられた新城紀秀先生にマイクを振ると、
島の言葉で朗々と当時の漢詩を謳いあげ、
場内拍手喝采であった。
こうして、65年の時をへた奇跡の復活劇は
感動的のうちに幕となった。

さて。
本当の奇跡はその後にあった。

那覇市内の病院に、教育入院中の母から電話が入る。
聞けば、たまたま待合室で同席したおじいちゃんが
僕の事を知っていると言うのである。
名前を聞いて驚いた「新城紀秀先生」その人であった。

後で聞いた話では以前から気になっていた
腹部のポリープを摘出するためであったとか。
「北山の風」上演後、まだまだ長生きしなくては……と
思ったのか、先延ばしにしていた手術を行っていたのである。
そのための入院、検査する際に
たまたま同席したのが八重山からこれもまた
偶然那覇の大きい病院を……と希望して入院していた
小浜島の僕の母だったのである。

見舞いに行ったら母から
紀秀先生からの手紙を見させていただいた。

神仏のおみちびきによって
平田大一先生の母上様とほんとに
わずかの期間でありましたが親しく
話し合いが出来ましたこと誇りに思い
この上ないよろこびに存じます。
その上『キムタカ』の貴重な本まで

貸して下され　楽しく　夏目漱石先生の
『坊ちゃん』を読むような気分でたのしい一週間を
過ごすことが出来ました。
平田大一先生は『北山の風』によって
今帰仁の老幼男女に勇気と覇気を与える
ものと信じます。
信子母上様も早く退院され、桜の花の
満開する頃　北山までおいで下され。
大一さんの大活躍に大きな声援をねがいます。

新城紀秀

平田信子様

一瞬の出会い、邂逅の奇跡。
人の縁の不思議を感じてしょうがない。
出会いの妙に感謝する日々なのだ。

新城紀秀先生、92歳。
まだまだご長寿であられて
この沖縄の行く末を考える上で
色々教わりたい僕なのである。

（2010.11.25 掲載）　※注：新城紀秀先生は、2012 年 2 月 1 日に逝去された。94 歳の大往生であった。

島から吹く風は
また新たな地での
風を生む

南山《みなみやま》の息吹

風光る山　遠きふるさとの
燃えるこの命　永遠《とわ》の道しるべ
雪深き山　さらばふるさとよ
凍てつく涙　一人道を征く
雪白き雪　舞い踊れ雪よ
南山が歌う　誓願《ちかい》の旅路
（舞台「息吹～南山義民喜四郎伝」主題歌「息吹～旅路篇」）

島に吹く風は、日本中を駆け巡る。新しい夜明けを告げる
大きな風だ。

2010年12月5日。

僕は不思議な感動の渦の中にいた。

福島県南会津町の文化ホール「お蔵入り交流館」。

開館以来の人出を記録した「氷川きよしコンサート」と並ぶ賑わいで盛り上がった舞台は、僕が始めて県外で「脚本、演出、主題歌」を手がけた記念すべき作品だった。


「息吹〜南山義民喜四郎伝（みなみやまぎみんきしろうでん）」名も無き民の義に燃えた命懸けの直訴の物語。最後は首で帰ってくる悲しい悲劇の英雄「喜四郎」の舞台だった。


舞台づくりのきっかけになったのが、2009年の春。

南会津町の町おこしイベント「山なみ泊覧会」での基調講演会。

「山が嫌い、雪が嫌い。そんな『沖縄』みたいなこと、うちでは無理さ〜」。そんな感想が聞こえてきそうな講演会場の中、一人！ ヤル気になって奮起した男が「しもむら君」であった。

当時の町長を口説く
町の仲間を口説く
会社の社員を口説く
口説くと言っても、ひたすらに僕の講演会のDVDをみんなで観賞して一言最後に、

「沖縄でも出来たんだから、ここでもやれんわけがない……。だから、やるぞ！　南会津でも！　まずは、平田さん呼ぶぞ！」

不思議なことは重なる。
琉球放送、沖縄テレビ、琉球朝日放送の沖縄主要3局による僕のドキュメント番組の収録が決まり、5月、8月、12月と1年かけた舞台づくりの様子撮影のため、県外の新たな展開との位置づけで南会津町を度々訪問。注目度が上がる中、町の人たちも本気の度合いが増してきた。

変化は徐々に現れてきた。これまで気にしていなかった『喜四郎』のことを子どもたちが自ら調べ始める、『お墓参り』に行きたいと6人の義民全てのお墓を巡る勉強会を始める。挨拶がきちんと出来る、限られた時間の中で積極的に取り組む。自分の想いをきちんと言葉にして伝えるなどなど……。

確実に、そう確実に。
南会津の子ども達の胸に、地元への誇りが芽生え始めていった。

夢きらり空に　響く歌声は
南山の息吹　御蔵入りの風

風光る山　生きるふるさとの

巡るこの生命　永遠《とわ》の道しるべ
巡るこの生命　永遠の道しるべ
永遠の道しるべ

（舞台「息吹～南山義民喜四郎伝」主題歌「息吹～歓喜篇」）

オリジナル衣装が届く。特別出演の「南会津高校　郷土芸能委員会」と、「大川渓流太鼓保存会」が加わってくる。そして遅筆気味の僕の台本も（奇跡的に！）完成する。

更に奇跡が続く。大道具歴30年にわたるベテラン美術家の方のご好意で、喜四郎含む義民6人の墓オブジェが本番前日に届く！　福島県外からの客人が大勢駆けつける。そして沖縄からは「あまわり浪漫の会」の長谷川会長夫妻たちまで来てくれて大賑わいとなったのである。

舞台終了後は感動の渦が幾重にも広がり、雪深い山村に新しい文化の風が吹きぬけた。

さて。

感動覚めやらない出演者の子ども達から、沢山の便りが届いたのは2010年12月も押し迫った年末だった。

手紙のタイトルが「そじょうぶん（訴状文）」や「直訴状《じきそじょう》」には大笑いしたが、再演を望む彼ら一人ひとりの想いには胸が熱くなった。
「学校では学べない多くのことを学びました」
「大嫌いだった自分の町が、大好きになりました」
「進路先を変えて地元の高校に進学してでも、この活動を続けたい」

そこに暮らす子どもの可能性と歴史観は、少しの演出でここまで変わる！

最後まで責任を取って尽力した「しもむら君」は、舞台パンフレットの挨拶文にこう書いている。

できない理由をあげればきりがない現状。
しかしこれまで一生懸命練習してきた子ども達の姿、確実に成長していく心、
そして、沖縄の子ども達との交流からいただいた『一生懸命』というパワー。
彼らの純粋な想いと大きな心は、私達大人にたくさんのことを教えてくれます。
できないと決めつけるのはいつも大人。
南会津の子ども達にも無限の可能性がある！

子ども達が持っている可能性、
それを思う存分に発揮できる場所をつくりたい!

プロデューサー　下村一裕

2011年3月26日。
奇跡の舞台の再演が決まった。
子ども達の「直訴」や「訴状文」に、大人たちが応えること
に決めたという。
今を必死に表現する小さな雪国の大きな情熱の物語を、新た
な地域文化発信の息吹を、是非とも、感じるチャンスである。
どうか、その目で目撃してほしい。

風はどこで生まれていつから走るのだろう。
島に立ち考えた。

元朝とは「ルネッサンス」。
「新時代の息吹」。
島から吹く風はまた新たな地での風を生む。
その風の誕生を今確かに、僕は南会津で確認した。

(2011.1.1 掲載)

3章 縦横無尽に島哲学

生きるとは「気迫！」なんだ我が胸の焔《ほのう》をみつめている

勝負の3分間

「重要人物がみえるので来るように」と県庁からの突然の要請で駆けつけた国立劇場おきなわ。ドアの向こうからやってきたのは「沖縄担当大臣」のM氏であった。

「沖縄の文化振興と観光振興について、皆さんの率直な意見をお聞かせ下さい」

テレビの印象より精悍な顔立ちの大臣。真っ直ぐな瞳で、集められた沖縄文化の代表４人に静かに聞いた。

国立劇場おきなわ芸術監督のK先生。

琉球大学教育学部長のN教授。

イベントプロデューサーのS氏。

そして、なぜかこの僕がその場の末席にいた。


「大臣の次の日程がありますから、手短にお一人5分程度でお願いします」

随行の内閣府の担当官がぴしゃりと言う。


K先生から国立劇場と文化の担い手の課題や現状が語られ、N教授から沖縄の文化の特性や可能性について語られ、S氏は手がける興行の財政的な負担軽減への支援について語られ、僕の順番になったところで先ほどの担当官がまたぴしゃりと言った。

「すみません、皆さん熱く語られるのは宜しいのですが……。少々時間が押しておりますので最後の方は、2、3分でお願いします」

僕は、薄っぺらいテレビドラマの様なこのやりとりに、何だか笑いがこみ上げてきた。このへんてこりんで切羽詰った雰囲気がある日の状況と余りに似ていて、つい思い出して可笑しくなったからだ。

あれは4年ほど前、東京でのこと。

全国的に有名な日本最大の人材派遣会社P社の主催で、「社会起業家100人プロジェクト」みたいなことで推薦され、エントリーした……。


持ち時間一人20分。

「事業展開の可能性と将来性を発表すること」と聞かされ準備して控え室に。控え室には僕以外で三人が来るべき順番を待って待機をしていた。


僕の順番の次の女の子はビッシリと書かれた原稿の最終チェックに余念がない……。何度もぶつぶつと読み返しては原稿をテーブルに伏せて、また、ぶつぶつと繰り返す。彼女だけでなく見るとみんな神経質なまでに目が血走っている。


やがて僕の名前が呼ばれ控え室から廊下へ。係りの人の先導でプレゼン会場となる部屋へ移動を始めた時だった。

「……すみません、本日発表の皆様全員にお願いをしているのですが、審査委員長の都合でどうしても早めに切り上げなければならなくなり、……一人3分程度での発表をお願いします」とその係の人が歩きながら言った。

「へ?」とビックリしている間に発表会場のドアの前に到着。

瞬間！　僕は全てを理解した。

「20分の持ち時間を3分にしてということは……もしかしてこうやってエントリーの人たち全員にプレッシャーをかけているのかも」

よくわからないけど、かなり挑発的なオーディションだってことはわかった。一瞬、次の順番の女の子の必死な顔が浮かび、参加している全員の健闘を本気で祈った。

「こんなプレッシャーになんか負けるな」と。

僕は用意していた原稿をキッパリと捨てることに決めて深呼吸を一つ……小さく「なめんなよ……」と呟くと、勢いよくドアを開けて会場に入った。


1ヵ月後。

掲載された審査結果。僕は全国からエントリーした300人余りの中で、見事！　最高賞であるグランプリを受賞した。

そしてそれが起業した会社、今の「タオファクトリー」の活動の淵源になっている。


それはさておき、国立劇場おきなわである。

この4年間の成長の奇跡をみせてやる！　と意気込んだ。

M大臣を相手に「3分一本勝負」のゴングが鳴った。

「大臣。必要以上のお金は要りません。でもチャンスを沢山下さい。そのチャンスを自力でモノに出来るタフな人材をつくること、その人材を育成することが、僕の仕事だと思っています。市町村合併にも、政権交代にもぶれない地域の取り組みをこれからもしていきます。そして、今年もまた東京公演を予定しておりますので是非一度、実際に沖縄の子ども達が演じる奇跡の舞台を観ていただけたら幸いです」

実際はそんなに上手くは喋れてはいなかったかもしれないけど熱く語った3分間。
そして再会を約束して一瞬で通り過ぎた台風のように、大臣は次の日程にせわしく移動していった。

勝負の3分間！

この出来事が意図する想いをうまく伝える術を僕は持っていない。

生きるとは「気迫！」なんだと、我が胸の焔をみつめている。

（2010.3.15 掲載）

大人って何だろう。本当の「大人」って何だろう？

膝の前の友達でありたい

久しぶりに実のあるシンポジウムに出席した。
シンポジウムで涙ぐんだことは初めてだった。

日本のアンデルセンと称され、口演《こうえん》童話行脚で世界中を駆け回った児童文化の父、青少年健全育成運動の草分け的存在、近代児童文化の開拓者の第一人者、「久留島《くるしま》武彦」氏の没後50年の節目を記念する式典でのことだ。

「子どもの膝の前の、友達でありたい」
「私は種をまく人で、終始したかった」

そう語り続けた久留島氏は、自身の活動を顕彰した「童話碑」建立の折にも「自分の名前はいれないで欲しい」と言われ、自らの名前ではなく「童話のこころ」が全国に、否！　全世界に広がることを強く願ったという。

なぜ！　彼は「童話のこころ」を基調とした児童文化、青少年の教育に力を注いだのか？

その久留島先生の生誕の地、大分県玖珠《くす》町での顕彰記念式典は、２０１０年６月27日。彼の50回目の命日の日に行われた。

シンポジウムへの登壇者は４人。

一人目は、総合司会の「後藤惣一」先生。「久留島武彦資料集(全4巻)」の編集者をされた元大分大学教授。

二人目は、全国童話人協会会長の「樫葉和英」先生。

三人目は、植民地時代の朝鮮半島での久留島武彦氏の活動を調査研究し、日韓の児童文化の架け橋となった「金成妍《キムソンヨン》」女史。

そして、四人目が地域に根ざした青少年主体の活動に対して２００２年に「久留島武彦文化賞」受賞した僕「平田大一」。

それぞれが、それぞれの立場で久留島先生への想いを語る。

一番、印象に残ったのが「金女史」の発表だった。

植民地時代の朝鮮半島での公用語は「日本語」。家庭博覧会なるイベントの視察で朝鮮半島を訪れた久留島先生に気がついた来場客によって、先生を取り囲んでの即席演台が用意され、そこで久留島先生の飛び入り口演会が開催された。

金女史が紹介したのはそのときの模様を報道した朝鮮半島の新聞記事と掲載された写真！　小さな台の上にぽつん……と一人立つ久留島先生の姿を何重にも、何重にも取り囲んだ人、また人の波が幾重にも幾重にも折り重なった状態で燃え上がっているような情熱的な光景にまず圧倒された。

口演童話の特徴はあくまでもマイクや拡声器を用いず、肉声のみで発せられるというから驚きだ。

そして極め付けが2枚目の記事と写真。朝鮮半島の子ども達のアップの顔写真だが、大きく目を見開き、何か大きな口で「うわー！　すげー!!」とでも、聞こえてきそうな勢いのある写真。その何かにビックリしたような表情は日本人の子ども達と同じ好奇心にわくわくした見事な表情をしている。

なんと1枚目の記事の写真に写っている人の数は、約2000人以上。また、朝鮮半島に滞在中は毎日こういう口演活動を行い請われれば小さな会場でも積極的に行ったという。

金女史は言う。

「朝鮮半島の児童教育の未熟さと自国の文化を軽視する傾向性を指摘して、『ゆえに、植民地にならざるを得なかったのである』と、彼は結論づけ、報告書に記しております。今日、彼の成しえた最も偉大なる偉業は、国づくりの根幹をも担う重要な役割として児童文化・教育の醸成とシステム作りが必要不可欠であり、そのために新たな挑戦を次々と手がけてきたことにあります」。

なぜ！　久留島武彦は「童話のこころ」を基調とした児童文化、青少年の教育に力を注いだのか？　それはおそらく未来の国づくりへの大事な宝モノが何であるか、彼は熟知していたからだと僕は思う。

亡くなるまでの86年間、主要な国々を踏破され世界中を歩き、口演童話というカタチで子ども達の心に感動の灯をともしていった久留島武彦先生。

「私は、子どもの膝の前の友達でありたい」

「私は種をまく人で、終始したかった」

その彼の偽らざる心情に、僕の想いも交差して不覚にも涙があふれる。

子どもの心の声に耳を傾けると……

「自信の無い大人」の不条理に振り回され、悲鳴を上げる現代社会の子ども達の悲痛な叫びのような声が、今日もまた、僕の胸に突き刺さるからだ……。

大人って何だろう。
本当の「大人」って何だろう?

その答えを、僕は久留島先生の言葉の中から、その生き様から感じ取る。

（2010.7.19掲載）

出会いは道の始まり

南島詩人誕生

芸能人になるな、芸人になれ！

富さんから届いた年賀状には、躍るような筆文字でそう添えられていた。

大学生活5年目もまもなく終わる渋谷の街角で、64大学対抗のライブコンクールに出場した僕は、思いがけず最高賞にあたるベストプレイヤーズ賞を獲得。その後関東を中心にお金にはならない舞台を仲間達と展開していた。

受賞を機に審査員をしていたプロデューサーから声がかかったが、そこは生意気盛りの若者らしく申し出を派手に断り、俺たちは既成の枠には囚われないんだ！　好きに暴れてやるんだ！　やりたい様に発信するんだ、と息巻き、司会者に何て言うジャンルかを問われれば、メッセージ・パフォーマンス！グループ名を聞かれれば、インエクスプリケーブル・ネオ・ユニッツ「既成の枠に囚われない新しい団体」と恥ずかしげもなくズバリ！　豪語していた。

勢い余ってシマに帰る宣言を発した僕は、凱旋公演と勝手に銘打ち、仲間達と一緒に自腹覚悟の舞台を企画。竣工直後のパレット市民劇場で、初の自主企画公演を開催した。興行は笑えるほどの大失敗！　本番当日に台風大接近の当たりくじで、キャパ４５０席の会場を埋めてくれたのは、僅かに60人程度の友人、知人、風除けの為に紛れ込んだ客ばかり！マル赤字決定の筈なのに気分は晴れ晴れしていた。搬出作業の時の満月には笑った。舞台終演と共に早足の台風はその背中さえも見えなかった。

道は無尽蔵に広がっていた。何処を向いても正面の様な人生に僕は潔さを感じていた。

マツリが終わった後、島に帰り桟橋の小さなお店で父の稼業を手伝いながら笛や三線を爪弾く日々。

鼻息荒い勢いだけの僕がそこにいた。

ある日、届いた年賀状は東京の知人の富さんからだった。

芸能人になるな、芸人になれ!

そう書き添えてあった筆文字は、懐かしい富さんそのままで、だけど僕のカラダに小さく電流が走ったのはわかった。
僕は記憶の中の富さんに問い質す。
富さん、あのコトバの意味って何ですか?

ジブンデカンガエレ……。

多分、東北生まれの富さんは、寡黙に何も語らないのだろう。
結局僕は一人、自問自答を始めた。
22歳の頃の話だ、まだ僕がナンデモナイ頃の話だ。

富さんこと「富所さん」は、僕が大学生の時にお世話になっていた東京飯田橋のバイト先の編集部の人で、詩人でもあった。

僕の実家である民宿に泊まった「掛さん」こと、掛川さんの紹介で知り合いになり、大学入学を機に上京した南の小さな島生まれの僕の身を案じ、何かと都会暮らしの平田青年の世話をやいてくれた恩人でもある。

あれは、何回りか前の閏年の2月29日、確か僕が大学1年の18の春。

掛さん、富さんの計らいで僕は四ツ谷の詩の館「コタン」というライブハウスで、初めてのワンマンライブを行った。

全3部構成、休憩込みの4時間を一人でひたすらに頑張った。

第1部「動の平田大一」60分
　笛、踊り、空手などの舞披露
　20分休憩。
第2部「静の平田大一」60分
　自作の詩の朗読、ノート30冊からの紹介全17編。
　20分休憩。
第3部「全ての平田大一」60分
　20分締め括りで終演。

演出の富さんは僕が選曲したBGMを流しては、ちょっとした雰囲気の照明をスイッチングする音響屋と照明屋も兼ねていた。

第3部に至っては何でもありのプログラムで、幼い頃の芸風であるモノマネから、島から届いたアンダギーの配布と続き、これもまた郵送で届いたばかりのサトウキビの食べ方実演会に、場内は沸いた！

極め付けだったのは、高校時代の弁論大会全国優勝原稿の発表という大特典付き！
20名入れば満席のライブハウスは60名余りがひしめき合う、異常なまでの熱気に溢れかえっていた。

店長の木村さんが熱を帯びた顔で僕にこう言った。
「おいオキナワくん、おめーの磁力すげーな！」

南島詩人、誕生の瞬間だった。

経緯は覚えていないが、埼玉での学校公演の時、新内流しの三味線の奏者とご一緒した。島に戻ってしばらく経った僕が25歳くらいの頃だ。
90歳近いカクシャクとした素敵なご老人で、爪弾く三味線の音色にはまるで高齢者の雰囲気はなくむしろ瑞々しい感性に感心していた。

楽屋での会話で年齢の話題になった時に彼がこう言った。
「平田さん、アタシら芸人には引退がありませんからね、一生現役なんですよ」

その瞬間！　あ、そーか、と答えが降ってきた。

流行《はや》り廃《すた》りがあり人気に左右されるのが芸能人で、一生現役でやり続けるのが芸人ではないか！

人はテレビで観なくなると「あいつももう落ち目だな」と、勝手に決めつける傾向性があり、その偏った価値観のまま、テレビからの情報を鵜呑みにする癖がある。テレビに取り上げられているから売れている、テレビに出なくなったら落ち目だと言う感覚。

そんな大衆の批判や評価に迎合せず、または右往左往せず、我が道をひたすら極めて行く「人」になれ！

富さんの年賀状の筆文字の問いかけに、僕は自分なりの「答」を導き出した。

芸能人になるな、芸人になれ！

タレントや有名人、アーティストや何者でもない僕が「南島詩人」を生涯の肩書きに決めたのは、まさに！　その時だったのかも知れない。

人生において大切なことは、「良い出会い」これに尽きる。
「出会い」は道のはじまり。

道とは、出会いと出会いの連続なのかもしれない。

（2016.4.15 掲載）

喪の儀式とは本当は生きている人の為にあるのかも知れない

喪の儀式

沖縄県文化協会会長の宮里友三さんは、いつも人の好い笑顔の好々爺。

「やあやあ理事長、5分だけ！　時間下さい〜」と言って入室して来ては、たいてい1時間は話し込む不思議な魅力を持った方だった。僕も彼の話す武勇伝が大好きで突然の訪問を大歓迎、つい調子にのりその人柄に胸襟を開き、今後の「沖縄文化の道筋」を忌憚なく話せる数少ない友人の一人であった。

勿論、親子ほどの年の差がある。当然、彼の方が人生においても、表現者としても大先輩である。

年の差を感じさせないその雰囲気は、彼が優れた感性を持った芸術家であったことにも起因する。既存の概念に安住しない若々しいその感性とチャレンジ精神が、己に対する厳しい姿勢とは真逆に、若い感性を素直に受け入れ、リスペクトする懐の深い人間性を生み出していたのではないだろうか。

「理事長！　本当にわたしは理事長をお慕い申し上げているのですよ。いやいやいや、嘘じゃ無いんです。理事長の新聞記事は全部、ほら、こうして切り抜きして、大事なところにはほら、マーカーでこうして線引いているんですよ。まあ、もっぱら新聞の切り抜きは妻の仕事なんですが〜。あはは」

彼の作風も実にユニークだ。一度バラバラにした英字新聞の活字をコラージュ（切り貼り）して、「パピエ・コレ」と言う技法で抽象的世界を描く。

２００９年に「無機的世界への誘い」で、第52回新象展で最高賞にあたる「展賞」を受賞、その後同作品で幾つもの賞を獲得した。

69歳での大賞受賞と言うから晩年に花が咲いたんだなとしか考えが及ばず、遅咲きの芸術家のその理由にまでは想いは至らなかった。

２０１３年４月。僕が県の文化観光スポーツ部長を退任後、公益財団法人沖縄県文化振興会の理事長に就任、同じタイミングで県の文化協会の会長に就任した友三さんとは、不思議なご縁でつながっていた。

様々な課題がある組織の運営を担い、これまで解決されて来なかった問題を直視して次々と改革を断行していく、行動する指導者でもあった。

敵をつくらず、人の悪口を言わず、でも芯の通った話をする。県文化協会と距離をおいていた那覇市文化協会が組織に復帰し、文化ネットワークの構築を目指した北部連合が結成出来たのも、彼が会長であったゆえんである。

創立20周年を目前に、次は念願の任意団体である県文化協会を「一般社団法人化」させると、本気で構想を持っていたのである。

その宮里友三さんが死んだ。

突然の訃報に誰もが我が耳を疑った。

実は以前から友三さんは医師から不整脈を指摘され、年が明けた6月10日の誕生日にボディーメンテナンスの為の手術を行い、生まれ変わった「宮里友三」として、新たな気持ちで再出発するんだと身内に語っていたようだ。

しかし、その願いは叶わず、年の瀬を目前にした２０１４年12月22日。突然の体調不良を訴え救急車にて緊急搬送されるも深夜午前3時23分、心筋梗塞のために永眠した。余りに突然の74年の人生の幕引きだった。

突然の「死」というのは、酷である。心構えが出来ていない者の「死」というのは、時が経てば経つほどむしろ「喪失感」が大きくなっていくからである。

知人である僕でさえもがそうなのだから、残されたご家族の心境とは如何《いか》ほどか！　その無念さは想像に絶する。

彼の人柄に惹かれた有志一同で声を掛け合い、またご家族の皆さまのご承諾も戴き実行委員会を結成し、全員手弁当の完全手作りの「偲ぶ会」を開催することにしたのは、あらためて「キチンとお別れをしよう」ということだったのかも知れない。

2015年6月10日。集った誰もが、迷うことなく、本来ならば友三さん75歳の誕生日であるこの日を開催日に選んだ。会場となった北谷ニライセンター・カナイホールには、声を掛けた知人、友人、関係者で予定を上回る「249名」が駆けつけてくれた。実は、大学生以下の若者は名簿には記載せず、受付から除外されているので実際は300名近い人がいたはずである。

司会進行を買って出た僕が前口上でこう呼び掛ける。

「今日はひたすら宮里友三です。徹底的に朝まで友三づくしの勢いです。本日、ご出席の皆さまと、故人との武勇伝、エピソード、出会い、馴れ初めなど懐かしい思い出の品々とともに語り合うアットホームな雰囲気でこの会を最後まで盛り上げて参りたいと思います！」

場内に大きな拍手が響き、和やかな空気の中、偲ぶ会は進行した。挨拶の後に、故人に捧ぐ「献歌」斉唱、乾杯ならぬ「献杯」。お孫さんによる「ハッピーバースデーセレモニー」。そしてメインイベントの「メモリーオブ友三」のコーナーが始まった。

総勢10組による「故人との思い出話」は、圧巻であった。ある人は歌い、ある人は踊り、ある人は暴露し、ある人は芸術論を語り、時にしまくとぅばで語りかけ、様々なアプローチで友三さんを浮き彫りにする。

エンディングでは地元青年会の鎮魂のエイサー演舞が披露され、友三さんの奥様「美代さん」が凜とした「謝辞」を延べ、最後はみんなで明るく閉めようと、故人が大好きだった「上を向いて歩こう」を大合唱！

涙と笑いに包まれた爽やかな感動と終始笑顔の中、実にユニークな「偲ぶ会」は閉会した。

その時、僕はあらためて思ったんだ、

「ああ、喪の儀式とは本当は生きている人の為にあるのかも知れないな」と。

僕のほほを撫でる、6月の夜の風に梅雨明けの匂いがした。


実は僕の本当の「喪の儀式」はもう一つあった。司会原稿を作成する資料を整理する際に、僕はある新聞の記事を見つけた。少し長いけど全文転載させてもらおう。


「少年は幼い頃から絵が好きで美術教師を目指していた。高校の校長から大学への推薦状を書くと言われ、心躍ったまま帰宅して伝えると、母から言われた。

『アンシガ　ワッターヤーネ　イチクムイ　ジンヌ　ネーランシガ　チャースガ　クネーティ　トゥラシヨウ』

(ところがわたしの家には一握りのお金も無いが、どうしようか。許しておくれよう)


母は泣き崩れ、少年も涙を流した。沖縄戦で夫を亡くした母は戦後、子ども7人を養うため、朝から日没まで北谷町謝苅の畑を耕し続けた。

収穫した野菜をわずかなコメに換え、おかゆにして我が子に与えた。6番目の宮里友三さんは家庭の事情を察して進学せず、県外で働くことにした。

大阪で鉄道部品会社に勤めていた時、夢を諦められず、東京の美術大学の通信教育を受ける。課題作品を送り続けたが、仕事の都合で必修の講義に出向けなかった。卒業を果たせず、美術教師の夢は閉ざされる。

その後、北谷町に戻り、自営業、町議、副議長、町の収入役などを務めたが、好きな絵を描くことだけはやめなかった。2009年、自身の作品が50年の歴史の持つ新象展で1位に輝く。

母は晩年まであの日のことをわびていた。71歳になった宮里さんは思う。

「恨みよりも感謝の気持ちしかない」。息子の思いはきっと、天国の母にも届いているはずだ。

（2011年9月7日「琉球新報／金口木舌」より）

不覚にも涙が溢れた。

通夜でも、お葬式でも涙は出なかった僕なのに、この記事の文章に心を打たれて深夜、部屋で一人ほろほろ泣いた。

それは、若き「宮里友三青年」の挫折に負けない健気な生き様に、胸が奮えたからであり、その夢を叶えてあげられなかった母親の苦悩を身にしみて感じたからであり、それでも絶対に諦めない、全てを環境のせいにしない、誰も責めない彼のその筋金入りの優しさの秘密を初めて知った気がしたからである。

「経験を価値に変える力ある偉大なる世界的無名人」

彼を亡くして、僕はあらためて「宮里友三」と言う「巨人」に出会ったような気がした。

（2015.7.1 掲載）

4章

おきなわ未来記

全ては「役者側」の力量にあることを僕は知っていた

ミスキャスト

2010年11月。

就任2期目を向かえた沖縄県知事仲井眞弘多氏は、公約として「文化観光スポーツ部」の創設を掲げていた。これまであった「観光商工部」と「文化環境部」を解体し、新たな部局を設置。

その機構改革にともない要職である新部長は、民間人を登用するとも明言していた。

年明け2011年1月には沖縄県議会が臨時招集され、新部設置が承認可決、世間の注目は部局長人事に集まった。

新聞には様々な憶測の記事が掲載され、文字通りの「目玉人事」

として、その人選作業に連日新聞紙面が賑わっていた。

僕の携帯電話に仲井眞知事本人からの「部長就任要請」の連絡が入ったのは、臨時議会可決の翌日であった。県行政の動向やニュースなど、ほとんど縁が無かった僕には、まさに青天の霹靂、正直、事の重要さを全く理解していなかった。

後日、県庁内部の組織図を見て愕然とする。組織表の上から役職順に「知事」「副知事」と来て「部長」のポジションが記載されていた。

つまり本来なら、公務員採用試験を受けて経験を重ね、班長（係長）、副参事、課長、参事官、統括官と上がって来て、やっと定年を前に就くことが出来る行政職最高の役職が「部長」なのである。

国会で言えば「大臣」と同じ役割を担う県政の「部長」。

当然、県議会においては議会答弁しなくてはならない重要なポスト。仲井眞知事はその新設した「文化観光スポーツ部の初代部長」に、当時42歳の僕を指名したのである。

新聞の記事には、「琉球政府時代から数えても42歳部長誕生は後にも先にもこれだけ！」

「この異例人事は第2期仲井眞県政のアキレス腱になるか！」

などと大きく書かれた。

「……ミスキャスト！」

口には出さなくても、誰もがそう思ったに違いない。

2月初旬。僕は知事と二人だけで知事公舎にて面談した。

知事の意見は概ね以下のようなものであった。

「かつて県庁内において〝観光商工部〟というくくりで発展してきた沖縄の観光は、文字通り〝物産〟や〝お土産品〟など、従来型の〝目に見える価値〟を如何に作り購入戴けるかを命題に、進められて来ていたところであった。今後は〝文化〟と〝スポーツ〟と言う沖縄に潜在的にある素材の、マグネット（磁力）を更に強化し〝観光〟とマッチングさせることで〝付加価値〟や〝魅力〟を最大限に引き出し、国際競争力のある沖縄、情報発信力のある沖縄を創出することが必要である。最終的には若い世代が憧れる新たな産業、新しいシゴトのカタチをつくっていくことを平田さんには期待したい。全責任はわたしが取る！　思い切って取り組んでほしい！」

そう言って大きく頷いた。

僕の人事を巡り、周辺の反対意見を押し切ってでも進めようという、仲井眞知事の行政改革断行のその決意たるや、並々ならぬものがあると激しく想像がついた。

僕に課された使命は「常識に囚われない県政の展開」であり、

「新たな県庁内の新たな仕組みづくり」であると自覚するところとなったのである。

2011年4月2日。

僕は正式に「文化観光スポーツ部長」に就任した。折しも、3月11日に起きた東日本大震災の影響で、日本全体が先行き不透明な暗い影に覆われた直後の新たな船出となった。

「ダイナミック県庁！」と言う名の、期間限定「平田劇場」が盛大な効果音とともに、確かに今、開幕したのである。

僕がラッキーだったことは、一つは「ミスキャスト」と言われたことであり、もう一つは「プロデューサーの気持ち」がわかることだ。

誰もが期待していない逆境的状況の中で、僕だけが僕へのキャスティングを冷静に分析し、配役してくれた演出家の予想を上回る、それ以上の「演技プラン」を示せるか……。全ては「役者側」の力量にあることを僕は知っていたからである。

「よし！　見ていろ。期待以上の感動で返して見せる！」

キャスティングされる側の心の内を、僕はあらためて実感として感じていた。

その上で「腹を決めた」僕は一つの提言をした。

新たなこの部の部長は、「現代版躍奉行」のようなモノであり、沖縄全体を総合的に演出する「沖縄全県版芸術監督」のようなモノである。

そして、この部の目指すスガタは、文化・スポーツを基調として、他部署との連携やマッチングを図る「感動産業クラスター構想」を実現させることである！

僕の提言を黙って聞いていた知事は、やがて一言、「ほうッ」と、声にならない声を発すると、ニコリと微笑んだ。

（2015.6.1 掲載）

あの2年間は間違いなく「学び」の日々だった

ダイナミック県庁!

遠い思い出。

学生時代の恩師「杉山康彦」教授は、「三流の学生は一流企業を目指し、一流の学生は自ら興す!」が口癖だった。
あの頃の僕は「一流の学び」とは一体、何だろう? と必死に考えたが、その答はとうとう卒業するまで分からなかった。

沖縄県文化観光スポーツ部の部長としての在任中の2年間はジェットコースターの如く、目まぐるしい日々であった。

毎朝5時に起床、新聞には必ず目を通し身支度し、住まいのある読谷村からまだ暗い高速道路を飛ばして那覇にある県庁に7時過ぎに登庁。

始業までの1時間半が唯一の自分の時間だった。業務開始と同時に、表敬訪問や調整事項が15分おきにあり、夜や週末も文化、観光、スポーツのイベントや催事が目白押し、更に議会だ、会議だと本当に忙しい。

それでも、知事の名代として出席した来賓挨拶文代読の際は、必ずその前後に一曲歌ったり横笛を演奏したりと、県民に、なるべく県庁の存在を身近に感じて貰えるよう努力した。そして、県内外から「最も話を聞きたい部長ナンバー1」を目指すことを目標に掲げ、職員が「雑務」と呼んでいた業務も積極的に取り組んでいった。

僕自らが直接情報発信する「行動する部長」を標榜し、また知事の想いを代弁していく「沖縄県の文化行政の広告宣伝塔になる!」ことを決意していたのである。

部の出先機関である「沖縄県立芸術大学」では、本格的な「文化芸術分野の職業的専門人財育成カリキュラム設置」を目的に、毎月の「アートマネージメント講座」をプロデュースし、雅楽士の東儀秀樹氏や世界的ファッションデザイナーのコシノジュンコさんを始め、各界で活躍中の知人や著名人を招きクロストークする企画が反響を呼んだ。

また県が主催の「世界エイサー大会」ＰＲ期間中には、イベントを宣伝するため、庁内の昼休みの時間を使って「ラジオ県庁！」を企画し、僕自らもディスクジョッキーを買って出た。

評判はわからないが、こんな部長は見たことも聞いたこともない！　と言われながらも、概ね発案したことは許して貰い、また部の職員も楽しんで悪のりして僕の「思いつき」によく付き合ってくれた。

ところが就任した年の暮れを前に、僕は大きな壁にぶつかった。「予算編成」である。

文化専門の人財ではない職員のほとんどがはっきりしたイメージも無いまま企画書を提出する癖がついていた。当然、財政課からは駄目出しされて突き返されることの繰り返し、文化担当班は、負け癖がついた弱小チームのような現状が蔓延していた。

元来、県予算と言うものは10％〜15％のシーリングが年々かかり、常に削減状態であった。そのため、文化事業も県が負担する予算を縮小することに慣れてしまい新たな事業提案などしても、どうせ財政課からゼロ査定されるだけだと、始めから諦めムードが漂っていたのである。

一方で、経済特別重点事業などで常に予算に恵まれ、事業を立てろ！　新規提案しろ！　と駆り立てられていた「観光分野」は、「事業作りが上手い」また「説得力がある」と言うことで、予算がバンバンつく状況であった。同じ部内においてでさえもその差は如何ともし難いものがあった。

やはり「頭の筋力トレーニング」ともいうべき、日頃からの政策研究が、とても大事なのである。

「予算編成」とは、「事業の規模感」を計るバロメーターであり、「本気度！」のあらわれなのだ！　とも、実感した。

早速、文化事業担当者を集め部活の朝練ならぬ、部長室での早朝会議を連日開催した。

唯一、僕の空いている時間といえば早朝のあの時間しかない！朝7時～8時半に年末年始も返上してのブレーンストーミングを挙行したのである。

折しも「一括交付金」という名の新たな予算スキームが土壇

場で決まり、知事からのトップダウンで、「文化はもっと事業を作りなさい！」と檄が飛ばされていた。

僕は勝負の時は今だ！　と決めた。みんな、死にものぐるいだった。部長である僕自らもアイディアをどんどん出した。財政課から駄目出しされるのなら、それを上回る数の計画を提案するんだ！　と職員との二人三脚での取り組みである。

今直ぐに、事業化されなくても予算がつかなくっても、ここで培った筋肉は必ずどこかで役に立つ！　僕はそう確信していた。

激務の日々は退任するギリギリまで容赦なく行われた。

沖縄県庁退任の朝。

超高速ジェットコースターの様な日々から降りる日に、出勤前の自宅で体重計に乗ってみた。ピピと鳴る電子音が示す数字を見て愕然とした。

在任2年間中に僕の体重は「13キロ！」減っていた。

激闘の日々が終わった。

ダイナミック県庁、平田劇場の幕が降りた。

僕にとって、あの日々とは一体何だったのだろう。

僕が部長就任直近の２０１０年度の沖縄県の文化芸術関連予算は、総額「30億５０５万円」だった。そして退任の年２０１３年度は「49億６千１５０万円」と大きくアップ。更に２０１４年度は前年度比36・９％増の「67億９千３００万円」と増加した。

これは、県全体の歳出予算「７２３９億2千２００万円」の約「０.94％」にあたり、文化庁が目指している「国の文化予算を総予算の１％にしよう」という数値に、限りなく近づいている。日本全体で見てみても実に稀な数字だと言える。

この数年間の沖縄県の文化に係る財源は、確かに増加傾向が見られ状況は好転しているが、県文化事業の取り組みはこれからが正念場だ。

県が作った予算をキチンと活きたお金として使い切っていく。今後は、剛速球のピッチャーが投げた球を、ちゃんと受けとめるキャッチャーの存在が必要不可欠になる。

キャッチャーとは事業者であり、文化団体であり、県の外郭団体であり、出先機関である。

幕は降りたんじゃない、次の舞台の幕がまた開くんだ。

2013年6月25日。
僕は「公益財団法人沖縄県文化振興会」の理事長に就任した。

「わたしは見ているよ。卒業した後の君のことを……」
杉山教授の言葉を思いだす。

僕にとってのあの2年間は間違いなく「学び」の日々だった。
そして僕は知っている。あの学びが一流だったか三流だったか。全ては、これからの僕の生き様が評価してくれることを。

さあ！　また始めよう。
新たな挑戦の日々のスタートラインを自らの手で引いた！

（2015.7.1 掲載）

今日もくるちの杜に風が吹く

くるちの杜100年の夢

何かが始まる「時」というのは、何の力もかからない。肩の力も入っていない「力み《りき》」が無いから良いのかな……。否！　多分、「100年」という響きに、誰もがロマンを感じ、無責任に夢を描いても許される。そんな心の遊びと勢いがあったからなんだと思う。
そう、とくにあの日の「宮沢君」のキラキラした瞳と、島唄20年に掛かる使命感メラメラの情熱が、全ての始まりだった。

2012年3月。
友人の宮沢和史君から、僕のもとに急に一本の電話が入った。
「ああ、平田君、今から、時間ある？　少し会いたい。10分でいい」

「え！　宮沢君？　今、どこ？　那覇なの？」とゴニョゴニョ返事する内に、その当時の僕の職場である県庁8階にソッコー到着。

いつもは、言葉数少ない彼だけど一言ひと言が格好良い宮沢君、だけどこの日はよく語ってくれた。

勿論！　言葉数が多くてもやっぱり格好良かったけれど。

自分が思いついたことを誰かに語りたくって仕方が無い少年のように、ほんとに！　そんな感じで語る
『島唄』という歌への思い」「三線のこと」「沖縄民謡界の現状」など云々。

そして、突然、フッと宙を見て、一瞬考えて、言葉を選び直してこう言ったんだ。

「黒木《くるち》を植えたいと思っているんだ」

三線の棹となる黒木。現在沖縄県産のものは極少数となり、材料のほとんどを輸入に頼っている状態なのだそうだ。

また、黒木の生育は遅く、棹の材料として使えるまでになるには100年以上かかると言うらしい。このままでは、純粋な沖縄県産の三線は無くなってしまう……。

自身の曲「島唄」誕生から20年。節目を迎えるこの年に、宮沢君は一つの想いにたどり着いた。

「自分を育んでくれた沖縄への恩返し……自分の仲間である沖縄ゆかりのアーティストに声をかけ、例えば黒木の植樹のようなことは出来ないだろうか」

今は数十センチの黒木の苗木が100年後大きな木となり、三線となり、その三線の音色が沖縄中に響いていますように！　と願いを込めて。

思いを語るだけ語って最後に、「誰かに話しておきたくってね。聞いてくれて有難う、じゃあ！」とだけ言い残して、風のように去って行った。

その間、本当にわずか10分！　実感としては随分、長い時間に感じたけど。

宮沢君の話を聞き、そして僕は考えた。「三線の神様」「琉球音楽の始祖」と言われる「赤犬子《アカインコ》」ゆかりの土地「読谷村」こそが、黒木の杜を育んでゆくのに最適の場所ではないか！　と。

宮沢君の想いが100年先までカタチになるように、その想いに賛同する人が集まり、「くるちの杜100年プロジェクトin読谷実行委員会」を立ち上げた。

言いだしっぺの宮沢君は名誉会長に就いて貰い、会長には石嶺傳實《でんじつ》読谷村長が就任してくれた。副会長には村内外の名士がずらりと並ぶ豪華な顔ぶれ。

具体的には、年に一度のイベント開催を目指し、例えば、毎年新たな黒木を植樹するだけではなく、これまでの黒木の成長を皆で確認し喜びを分かち合う時間、「歌って飲んで黒木を愛でる時間」を創りたいと考えた。

商工会青年部の仲間が集う居酒屋で夜な夜な議論し、遊び心満載の企画書が作成された。

「くるちの杜プロジェクトｉｎ読谷〜第一回くるちの杜コンサート開催案」

日程：毎年、旧暦９月６日（クングヮチルクニチ＝クルチぬ日）を中心に！

場所：読谷村世界遺産「座喜味城の麓」にて！

時間：明るい時間〜夕方くらいまで

内容：新たな黒木の植樹。今ある黒木の傍らで、宮沢さんとその主旨に賛同した音楽仲間達によるミニコンサート。美味しく食べる、飲む、愛でる。毎年黒木の成長を見ながら飲みたい人、三線の音色を愛する人、１００年後もいついつまでもこの沖縄が平和であることを願う人、想いを共にできる人ならどなたでも「くるちの杜

プロジェクト」メンバーです。実行委員会への参加、
大大大募集致します！
（「くるちの杜プロジェクト」呼び掛けチラシより）

２０１２年10月20日、旧暦ウチナー暦では９月６日の「くるちの日」。第１回目のイベントは大成功した。

多くの人達の力が集まって、ゆるゆるした楽しい時間が流れる素敵な青空に、宮沢君が歌う20年目を迎えた「島唄」が流れていった。

これからやらなきゃいけないことは、山ほどある。

本当に、生まれたての取り組みだ。「１００年」と言うコトバの持つ重みもずしッと来る。だからこそ、肩の力を抜きながら、遊び心にあふれた真面目な取り組みを続けて行こう！　目をキラキラさせて少年のように語ってくれたあの日の宮沢君のような心持ちでさッ！

新たに植樹したくるちの苗がずらり並んだ生まれたての「杜」を見つめながら、ふと宮沢君が呟いた。

「僕らは、１００年先のくるちを見ることは出来ないけれど、夢を見ることは出来る……」

今日もくるちの杜に風が吹く。

（2015.5.1 掲載）

自分の心の声に今夜も耳を傾ける

星がみている

週明けの月曜日は、早い朝から目が覚める。
抱えた舞台の構成や新しいアイディアが
浮かんでは消え、消えては浮かび
胸のマグマが鳴り止まず
深呼吸しても治らない

朝、4時過ぎに目が覚めて
まんじりと一人
思索の迷路に立ち尽くす。

思いきって朝早く家を出た。
まだ明けきれない午前5時55分、

4階の踊り場から夜空を見上げたら
不思議な光景……
月と金星と星々の神秘的な整列。

冷んやりとした風が背筋をシャンとさせる
ちょっと身震いしたのはその風のせいか
それともこの身体を貫く静かな感動のためか……。

天啓のようにある偉人の言葉を思い出す。
「チャンスは、準備した心に訪れる」

ああ、まさに!
誰もがまだ寝床の中で過ごすこの時間の思索を
積み重ねての日々の中から
新たな発想は生まれ出る。

その苦悩から逃げない覚悟を持てということか。

高村光太郎は詠う。

　おれは知らない、
　人間が何をせねばならないかを。
　おれは知らない、

人間が何を得ようとすべきかを。
おれは思う、
人間が天然の一片であり得ることを。
おれは感ずる、
人間が無に等しい故に大であることを。

火星が出てゐる。

高村光太郎の詩「火星が出てゐる」
の冒頭は、そして、こう言う書き出しだった。

要するにどうすればいいか、という問いは、
折角たどった思索の道を初めにかへす。

何も心配しなくてもいい。
星はみている。

明けの明星、
夏の天空にスコーピオン、
冬の風に冴えるオリオン、
そして、深き夜の底で孵化する新月。

誰もがまだ知らない午前5時55分。
4階階段の踊り場でまだ「何でもない」
このちっぽけな僕を、

星がみている。

風が吹く。
朝がもうすぐ!
そこまで来ている。

冷たい風が嬉しかった。

（2015.11.15 掲載）

レスト
民宿

結

三拝云《みーはいゆー》

「南《ぱい》ぬシマの100年……」

宮沢和史
（音楽家）

2008年は日本人が移民としてブラジルへ渡り暮らし始めてからちょうど100年の年でした。僕は自分のバンドを従えてブラジル5箇所をまわる記念コンサートツアーを行いました。その前年、ブラジルの内陸地ロンドリーナで中川トミさんという笠戸丸に乗って移民として最初にブラジルに渡り、その第一次移民の中で最後まで生き残られた女性と会いお話を聞く機会に恵まれたのです。当時98歳でした。自分の人生は「働くこと」がすべてだったと繰り返し話されていたトミさん……。残念ながら100周年の記念すべき年を待たずに亡くなられたんですが、その時思ったんです。移民史というと「遠い遠い過去の白黒写真の中の出来事」と思いがちだけど、この女性の人生と同じ長さじゃないか……！　自分の頭の中の時間軸がガラッと変わった気がしました。

平田君と『くるちの杜100年プロジェクトin読谷』を立ち上げてから早いもので4年目に入りました。読谷のみなさんの力をお借りし地道に進めてきましたが、今では毎月の草刈りには多くのボランティアの方々が集まってくださり、2年に一度の音楽祭は地元の人にはもちろん村外の方々にも徐々に認知されてきた手応えを感じています。成長し三線の材料となるまでに最低100年……。そう言うとはじめは皆さん苦笑するか、ため息をつくか、そんなリアクションになりますが、100年ってそんなに遠い未来じゃない気がしています。読谷でくるちが三線に生まれ変わる姿を僕たちは見られないけれど、自分の人生が終わるまでこの杜を平田君と一緒に見守っていきます。100年間この島に戦争や天災がないことをただただ祈りながら、音楽と踊りと笑顔が溢れる未来の沖縄の姿を夢見て平田君と共に戦い、一緒に年をとっていこうと思っています。

シマの描写に魂のメッセージを語らせる唯一無比のラッパー

イクマあきら
（音楽家）

僕は平田大一さんを南島詩人（口説パフォーマー）としてとても尊敬している。琉球ラップ＝いわゆる「口説《くどうち》」は美しい大和言葉&琉球言葉のリズム音の中に凝縮された美と趣がある。じつは僕は「ミルクムナリ」（平田さんの詞）を聴いて、沖縄に伝統的なラップがあったことを驚愕して喜んだ。日本にヒップホップがとっくにあったじゃん！　みたいな感動ね。僕はこんなカッコいいことをたった一人で実践・追求している類い稀なる若者、平田大一にまいってしまった！　彼と制作した「ダイナミック琉球（２００８年）」以来、僕は多くの楽曲の歌詞と口説を平田さんにお願いした。シマの自然の描写に魂のメッセージを語らせる彼独特の世界が僕は大好きだ！　言うなれば、聴く人に「風の中でそれを感じ、月の光に見い出し、波の鼓動に奮起してもらう」かのような感じさせ方をするのだ。

共感・迎合ばっかりが飽和して行き詰ってるこの時代、ひときわ黒光りする（笑）海の男らしいメッセージ。彼は共感を得るために芸をやっていない。お国柄（地域の特性）を生かし、〝現代版〟として伝統を今に進化させることでそこに生きる人々の根を太くし、自信と誇りに溢れ、国と国、地域と地域、人と人を結んでいけると信じている。彼はその為の道標であろうとしている。南島詩人から始まった彼の精神《ウムイ》は沖縄だけに留まらず日本各地、世界に飛び火しつつある。彼の飛び火を受けて生まれた「ハイパー・エイサー・ミュージック」（新しい創作エイサー・ダンスミュージック）というプロジェクトを僕はずっと続けている。だから平田さん！　忙しいと思うけど……これからも歌詞、しつこ〜くお願いするからね！

「今、新たな『シマとの対話』を始めよう！」

平田大一
（南島詩人）

２００７年11月「始まりの詩」でスタートした「シマとの対話」はワインディングロードの様にくねくね、アップダウンを繰り返しながら、２０１１年１月号の「南山の息吹」で一度途切れた。東日本大震災が起きたその直後、奇しくも僕自身も人生において大転換機を迎えることとなったからだ。その年の４月、時の知事に請われ沖縄県庁要職に就任、舞台の現場、創作活動からしばらく遠ざかることになった。何となく、公職という立場もあったからという訳では無いが、僕は個人的な発言はいつしか控えるようになった。やがて２年の満期終了を経て退職、その後、創作活動を再開したものの、僕の中の「詩人」はまだ声をひそめていた。

２０１５年３月、ＫＵＷＡさんの写真と再び出会った。どこかにしまっていたはずの「言の葉」の引き出しを開けてみたら、そこにはマグマのような「想いのカタマリ」がぐわらぐわらと激しく息づいていた。確かに、このシマを取り巻く環境はこの４年間で大きく変わった、世界も流動的な動きが加速を止めない。だからこそ僕には叫ぶべき「コトノハ」がある。胸の奥で何かが沸騰する感覚になった。今、新たな「シマとの対話」を始めよう！

そう心に決めた瞬間、僕の中の「詩人」が、対話の再開に少し緊張するのが分かった。文章を綴ることは「心の筋力トレーニング」と一緒だ。書き続けないと「筆力」は落ちる。４年間の空白を埋めるべく月２回「月の満ち欠け」の律動《リズム》のように毎月１日と15日の「対話」を自身の筋トレと定めて我武者羅に武者修行の如く書くことにした。気がつくと「シマとの対話」は、２０１６年６月で通算１００話目となっていた。今も、そしてこれからも「南島詩人」であり続けるために！

全力で生きる大人の見本帳

桑村ヒロシ
（写真家）

写真が語りかけてくることがある。被写体は人間だけに限らないが、心躍ったり、通じあえる瞬間がシャッターチャンスだ。可視化できる表面だけでなく、背景まで写真に写り込むこともある。〝写真が語る〟とは「写真に写っている向こう側が、見る人に語りかけてくる」ということなのかもしれない。

「シマとの対話」は、写真の一人語りではなく、平田大一氏の紡ぐコトバと〝対話〟していく表現活動だ。９年前にはじまったこの活動は、現在は平田大一公式ブログ（http://hiratadaiichi.ti-da.net）で連載を続けている。

途中、２０１１年に県の要職に就かれたことで、連載を一時中断した。いつの日か再開させたいという約束こそなかったが、生涯表現者であり続けるであろう〝南島詩人〟との「シマとの対話」は、期待に応えるかのように昨年復活を果たした。最初の１年分をまとめた作品集『シマとの対話［琉球メッセージ］』が２００９年に出版。それから７年という歳月を経て、新しい作品集『前略 南《ぱい》ぬシマジマ』を出版することになった。

空白の数年間に、平田氏が県庁で挑戦し続けてきたことのエピソードなどが綴られているほか、「肝高《きむたか》の阿麻和利《あまわり》」をはじめ彼が関わってきた舞台の裏話の数々、生き様が語り尽くされている。これは、〝全力で生きる大人〟の見本帳である。言葉の力、魂を宿す写真から、何かを感じ取っていただけたらと思う。10代の若者や、今を懸命に生きようとする人たちへのメッセージブックになれたら幸いである。

平田大一　HIRATA Daiichi
1968年、沖縄県八重山、小浜島生まれ。
18歳の頃から「南島詩人」を名乗り、詩人、演出家として独自の創作活動を開始。
大学卒業後、シマの文化と農業を体験する「小浜島キビ刈り援農塾」を主宰、
文化を基調とした地域活性化を一貫して展開。「きむたかホール館長」、「那覇市芸術監督」を歴任、
2011年「沖縄県文化観光スポーツ部長」に抜擢、
2013年からは「(公財) 沖縄県文化振興会」理事長に就任、沖縄文化の司令塔役を担う。
他方「くるちの杜100年プロジェクト」や「現代版組踊シリーズ」など、
文化に軸足をおいた新たな地域活性化のモデルづくりのトップランナーとしても更なる挑戦を続ける。

桑村ヒロシ　KUWAMURA Hiroshi
1968年生まれ、五島福江島出身。2003年に沖縄移住。
フリーランスのフォトグラファーとして活動のほか、沖縄写真デザイン工芸学校非常勤講師を務める。
琉球新報「南風」(2016年1月～6月)、南海日日新聞「つむぎ」(2013年～2015年) など、新聞コラムを執筆。

前略 南《ばい》ぬシマジマ［新シマとの対話］

発行日　2016年8月28日
著　者　平田大一　桑村ヒロシ
発行者　宮城正勝
発行所　(有) ボーダーインク
沖縄県那覇市与儀226-3
http://www.borderink.com
tel:098-835-2777 fax:098-835-2840
印刷所　(株) 東洋企画印刷

ISBN978-4-89982-304-9 C0095

printed in OKINAWA Japan